s Stevenson / Le Tour du
erne / Robinson
e de Paris Victor Hugo /
ard Kipling / Le Monde
/ Les Contes des mille et
e de la terre Jules Verne /
pitaine Fracasse Théophile
tor Hugo / Michel Strogoff
harles Dickens / Le Dernier
per / Guerre et paix Léon
son Alphonse Daudet /
Vadis Henryk Sienkiewicz /
/ Don Quichotte Miguel
Noël Charles Dickens / ...

Direction du projet : Marie-Thérèse Asmar Courie (Éditions Adonis), Nicolas Waintraub (Lagardère Active)
Directeur de collection : Roger Brunel (Glénat Concept)
Responsable du projet : Gwenaëlle Braud (Lagardère Active) assistée de Lison Guillard
Conception graphique : Éditions Glénat (couverture et bande dessinée) et Copyright (dossier pédagogique)
Illustrations de couverture : Jean-Yves Delitte
Pré-presse et fabrication : Glénat Production

Cette édition est réalisée spécialement pour Télé 7 Jours ;

Remerciements à :
Télé 7 Jours : Bruno Lesouëf, directeur de la publication ; Oscar Becerra, éditeur ; Inma Bevan, directrice déléguée adjointe ; Thierry Moreau, directeur de la rédaction ; Claude Bosle, rédacteur en chef.
Promotion : Ludivine Marchand, Catherine Luton assistées d'Aurélie Klein ;
Abonnements : Armelle Colin, Karine William ; Ventes : Jean-Marc Gauthier, Philippe Demay ;
Ventes export : Daniel Gillon ; Marketing : Marie-Noëlle Leboeuf, Claire Perrin ; Contrôle de gestion : Mohamed Slama ;
Service juridique : Sandrine Moreira.

Crédits photographiques (dossier pédagogique) :
p. 51 : ©MP/Leemage ; p. 52 : ©Heritage Images/Leemage ; p. 53 : ©Selva/Leemage ;
p. 54 : ©Jean Bernard/Leemage ; p. 57 : ©North Wind Pictures/Leemage.
Textes du cahier pédagogique (pages 52 à 57) : Danielle Brouzet.

Édité par HFA – 92534 Levallois-Perret Cedex

© Éditions Adonis, 2010 (BD et Dossier)
Cette édition est réalisée à partir de l'édition d'origine publiée par les Éditions Adonis
en accord avec les Éditions Adonis, et sous la marque Glénat ® en accord avec les Éditions Glénat.

Imprimé en France par Pollina - L22582
Z.I. de Chasnais – 85407 Luçon
Le papier utilisé pour la réalisation de ce livre provient de forêts gérées de manière durable.
Achevé d'imprimer : septembre 2010
Dépôt légal : septembre 2010
ISBN : 978-2-35710-141-8
EAN : 9782357101418

LES INCONTOURNABLES DE LA LITTÉRATURE EN BD

Charles Dickens
LE CONTE DE NOËL

Adaptation / scénario : Patrice Buendia
Dessins : Jean-Marc Stalner
Couleurs : Caroline Romanet

avec le concours de l'Unesco

Glénat

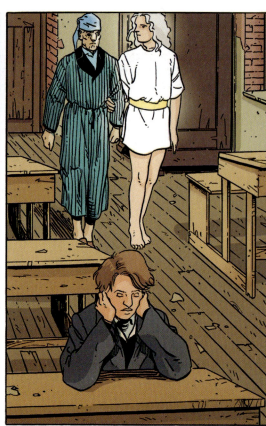

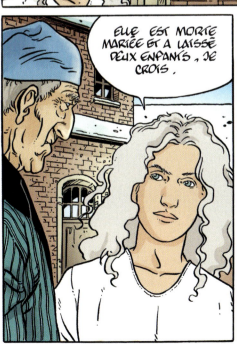

PLUS TARD DANS LA SOIRÉE...

VIVE MR ET MRS FEZZIWIG !!!

IL FAUT BIEN PEU DE CHOSE POUR INSPIRER À CES SOTTES GENS TANT DE RECONNAISSANCE.

PEU DE CHOSE ! EH QUOI ! IL A DÉPENSÉ QUELQUES LIVRES STERLING, TROIS OU QUATRE PEUT-ÊTRE. CELA VAUT-IL TANT D'ÉLOGES ?

CE N'EST PAS CELA, ESPRIT. FEZZIWIG A LE POUVOIR DE NOUS RENDRE HEUREUX... OU MALHEUREUX.

LE BONHEUR QU'IL NOUS DONNE EST TOUT AUSSI GRAND QUE S'IL COÛTAIT UNE FORTUNE.

QU'EST-CE QUE VOUS AVEZ ?

RIEN DE PARTICULIER.

VOUS AVEZ L'AIR D'AVOIR QUELQUE CHOSE...

NON. SEULEMENT J'AIMERAIS POUVOIR DIRE EN CE MOMENT UN MOT OU DEUX À MON COMMIS. VOILÀ TOUT.

« ILS SONT ICI, JE SUIS ICI : LES IMAGES DES CHOSES QUI AURAIENT PU SE RÉALISER PEUVENT S'ÉVANOUIR.

ELLES S'ÉVANOUIRONT, JE LE SAIS.

JE SUIS VIVANT... JE VAIS POUVOIR CHANGER LES CHOSES... HA! HA!

HA! HA! HA! HA! HA!

JE NE SAIS QUEL JOUR DU MOIS NOUS SOMMES AUJOURD'HUI. JE NE SAIS RIEN : JE SUIS COMME UN PETIT ENFANT. CELA M'EST BIEN ÉGAL. JE VOUDRAIS BIEN L'ÊTRE, UN PETIT ENFANT. HÉ! HOUP! HOLÀ! HÉ!

OH! SUPERBE, SUPERBE!

DONG DONG!

QUEL JOUR SOMMES-NOUS AUJOURD'HUI?

HEIN?! MAIS C'EST LE JOUR DE NOËL!

JE NE L'AI DONC PAS MANQUÉ! LES ESPRITS ONT TOUT FAIT EN UNE NUIT. CONNAIS-TU LA BOUTIQUE DU MARCHAND DE VOLAILLES AU COIN DE LA SECONDE RUE?

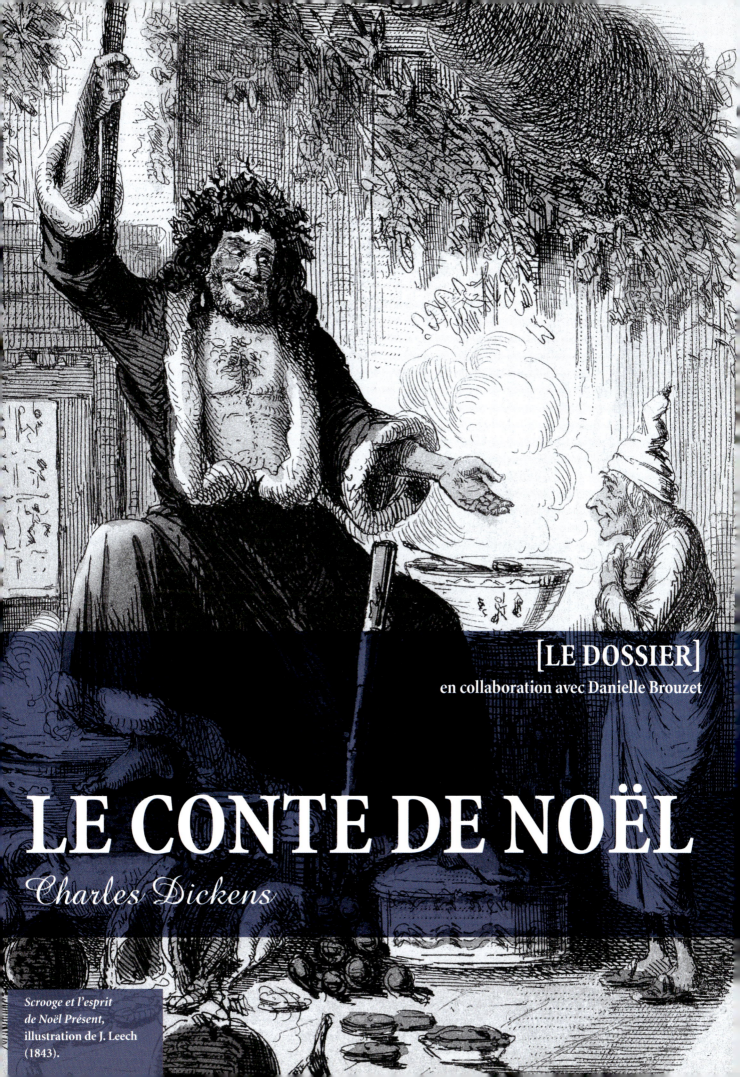

[LE DOSSIER]
en collaboration avec Danielle Brouzet

LE CONTE DE NOËL
Charles Dickens

Scrooge et l'esprit de Noël Présent, illustration de J. Leech (1843).

L'auteur
CHARLES DICKENS (1812-1870)

Issu d'une famille peu fortunée, Charles Dickens est né le 7 février 1812 à Landport, un petit faubourg de Portsmouth, dans le Hampshire. Il est le cadet de neuf frères et sœurs. La famille Dickens déménage d'abord à Chatham, dans le Kent, où Charles connaît des années d'insouciance avant de s'établir à Londres.

UNE ENFANCE DIFFICILE À LONDRES
Très tôt, Charles est confronté à la pauvreté. Son père, John, dilapide l'argent du ménage, et la venue de sept autres enfants dans la famille ne fait qu'aggraver la situation de précarité. En 1824, John est emprisonné pour dettes avec femme et enfants. Âgé alors de 12 ans, Charles échappe à la prison car il travaille déjà dans une usine de cirage. Cette enfance pauvre et ce sentiment d'être abandonné aura une influence profonde sur ses opinions concernant l'injustice, le travail des enfants, la réforme sociale et sur le monde qu'il créa à travers ses romans. Une fois sa famille libérée, Charles retourne à l'école. À l'âge de 15 ans, il devient employé dans une étude d'avoué.

UN SUCCÈS IMMÉDIAT
En 1834, Dickens débute dans le journalisme au *Morning Chronicle*. Il écrit d'abord des sketches et connaît immédiatement le succès avec la publication des *Aventures de M. Pickwick*. Dickens se consacre ensuite entièrement à sa carrière de romancier, tout en continuant son activité journalistique. *Oliver Twist* allait suivre en feuilleton mensuel, entre 1837 et 1838, avant d'être publié en livre, comme la plupart des ouvrages ultérieurs. En 1836, Dickens se marie avec Catherine Hagarth. Dans les années 1840, il passe beaucoup de temps à voyager et à dénoncer les travers de la société de son temps. En 1842, il entreprend un voyage aux États-Unis, où il reçoit un accueil chaleureux malgré son soutien à la cause abolitionniste. Durant son voyage, il constate que ses œuvres sont diffusées en grande partie par des éditions pirates qui ne lui rapportent rien. Il essaye de lancer l'idée d'un copyright international, sans succès.

Photographie de Charles Dickens.

UNE CARRIÈRE EXEMPLAIRE
Il écrit les *Contes de Noël* de 1843 à 1848, suivis en 1849, de *David Copperfield*. Pendant cette période, Dickens est très actif, non seulement à écrire ses romans, mais aussi à donner des conférences socialement très engagées. En 1858, s'étant épris d'une très jeune actrice, Ellen Ternan, il se sépare de sa femme, de laquelle il avait eu dix enfants. Cette même année, il entreprend aussi les premières tournées de lecture de ses œuvres en public. En 1865, il est victime d'un accident de train, dont il sort vivant mais très affecté. Il ne se remit jamais. De santé fragile à cause de son asthme, ses tournées contribuent à son épuisement, et c'est au cours de l'une d'entre elles, en 1870, qu'il meurt d'une apoplexie.

L'auteur
CHARLES DICKENS (1812-1870)

Écrivain anglais le plus célèbre de l'ère victorienne, il fut acclamé pour ses romans, dont les personnages sont parmi les plus connus de la littérature mondiale. Il jouit d'une grande célébrité de son vivant, qui ne s'est jamais démentie depuis. Il créa une nouvelle forme littéraire : le « roman social », dans lequel il fondit et développa deux grands courants de la prose anglaise, la tradition picaresque de Defoe et celle, sentimentale, de Goldsmith et de Sterne. Il explora également les genres les plus divers, du récit de fantômes au roman policier, du roman humoristique à la satire de mœurs.

SES PREMIERS TEXTES

Les Aventures de M. Pickwick (1837) sont un chef-d'œuvre d'humour. La trame n'est guère qu'un prétexte pour mettre en scène une myriade de personnages, gentilshommes et gens du peuple. Il en ressort l'image idéalisée et nostalgique d'une Angleterre excentrique et cordiale, originale et riche d'une humanité bigarrée. Mais cette image s'altère quelque peu dans *Oliver Twist* (1837-1838), sombre histoire d'un orphelin, d'abord enfermé dans un hospice de mendiants, puis jeté dans le monde de la pègre, au milieu des voleurs et des prostituées. *Les Notes américaines* (1842) sont le récit d'un voyage aux États-Unis, reflétant la déception de Dickens, qui avait espéré trouver ses idéaux de justice et de liberté incarnés dans la jeune démocratie américaine. De 1843 à 1848 parurent les très populaires *Contes de Noël*, rédigés en partie durant un voyage en France et en Italie.

Affiche publicitaire pour la publication de *David Copperfield* (1890).

LE ROMANCIER DE LA CRITIQUE SOCIALE

Entre *Dombey et Fils* (1846-1848), qui évoque le monde du commerce, mais cède par trop au mélodrame, et *La Maison d'Âpre-Vent* (1852-1853), qui fait porter la critique sociale sur les gens de loi, Dickens donne, avec *David Copperfield* (1849-1850), le plus autobiographique de ses romans, dans lequel il restitue les émotions ineffaçables de l'enfance. Dans *Temps difficiles* (1854), l'analyse sociale de Dickens concerne le prolétariat industriel. L'exploitation économique et la cruauté des institutions sont aussi des thèmes dominants dans *La Petite Dorrit* (1855-1857) et *Les Grandes Espérances* (1860-1861), où l'on perçoit également un approfondissement psychologique. En 1859 avait paru *Un conte de deux villes*. Dans *Notre ami commun* (1864-1865), roman complexe et désespéré, les dernières illusions de Dickens sur la mission progressiste de la classe bourgeoise sont définitivement tombées. Quant au prolétariat, dans sa tentative de s'élever jusqu'à la condition bourgeoise, il s'est à son tour imprégné d'hypocrisie et de dureté.

Charles Dickens donne avec David Copperfield le plus autobiographique de ses romans.

Le roman LE CONTE DE NOËL (1844)

En 1844 Charles Dickens écrit *Le Conte de Noël*, qui décrit la vie de Scrooge, un vieil homme avare et égoïste très attaché à son argent. Il le rédigea comme un chant avec cinq couplets *(staves)*, chacun illustrant un événement spécial de cette nuit de Noël qui métamorphose la vie de Scrooge.

Bien que ce conte ait été écrit par Dickens pour rembourser ses dettes, il devint vite un grand succès populaire (le succès fut moins important auprès des critiques littéraires). Ce conte a joué un rôle primordial pour réhabiliter les traditions de Noël à une période où elles étaient en déclin. Il repose sur les deux thèmes préférés de Dickens : l'injustice sociale et la pauvreté. Il décrit tout au long l'interaction de ces deux conditions ainsi que leurs causes et leurs effets.

L'esprit de Marley, ancien associé dans les affaires de Scrooge.

L'ESPRIT DE MARLEY

Au début du conte, Scrooge se montre fort désagréable avec son neveu qui vient lui rendre visite à son bureau pour l'inviter à partager le repas de Noël avec sa famille. De retour dans son appartement, il voit entrer chez lui l'esprit de son ancien associé dans les affaires, Jacob Marley, mort depuis sept ans. Marley lui dit qu'il revient pour l'avertir de la nécessité de changer de comportement s'il ne veut pas se retrouver une fois mort à errer comme lui en portant de lourdes chaînes. Il le prévient aussi qu'il recevra la visite de trois esprits : l'esprit de Noël Passé, l'esprit de Noël Présent et l'esprit de Noël Futur, pour lui faire prendre conscience des fautes qu'il a commises dans sa vie et qu'il commettra encore dans l'avenir, et des châtiments qui l'attendraient s'il ne venait pas à changer de comportement.

L'ESPRIT DE NOËL PASSÉ

Cet esprit l'emmène visiter des scènes de son passé. D'abord il lui montre un certain Noël quand Scrooge était enfant et qu'il se trouvait abandonné, seul et triste dans son école le soir de Noël, avant que sa sœur Fan ne vienne le ramener à la maison. Il voit ensuite sa fiancée Belle, qui l'aimait et qui aurait pu le rendre heureux, mais avec laquelle il a rompu car il était devenu obsédé par l'argent et la crainte de la pauvreté.

L'esprit de Noël Futur montre à Scrooge ce qui se passera après sa mort.

Le roman
LE CONTE DE NOËL (1844)

L'ESPRIT DE NOËL PRÉSENT
De retour dans sa chambre, Scrooge est réveillé par un esprit qui a pris l'apparence d'un géant joyeux qui répand le bonheur autour de lui. Il l'emmène dans la maison de son employé Bob Cratchit où il découvre avec consternation la misère dans laquelle vit la famille. Il voit aussi Tiny Tim, le jeune fils de Cratchit, infirme et malade. L'esprit lui dit que si rien n'est fait le jeune enfant mourra. L'esprit ouvre sa robe et lui montre deux malheureux enfants, Ignorance et Besoin, dont personne ne s'occupe.

L'ESPRIT DE NOËL FUTUR
Cet esprit drapé de noir lui montre ce qui se passera après sa mort et l'effraye encore plus que les autres. Il lui montre que personne ne regrettera sa mort, que sa servante volera ses affaires, et que ceux qui lui doivent de l'argent se réjouiront car ils n'auront plus à payer leurs dettes. Il lui montre même sa tombe lugubre. Scrooge tombe alors à genoux et supplie qu'on lui donne une chance de changer de comportement pour échapper à ce triste sort.

L'ÉPILOGUE
C'est le jour de Noël. Scrooge se réveille tout content d'être encore en vie et d'avoir une chance de se racheter. Il envoie une dinde chez Bob Cratchit et va dîner chez son neveu avec lequel il se réconcilie. Il augmente le salaire de Bob, devient comme un deuxième père pour Tiny Tim et se charge de son traitement. Tout son entourage est étonné de son changement, mais, lui, mesure la chance qui lui a été donnée de se racheter et mène une vie heureuse. Il devient grâce à l'esprit de Noël un modèle de gentillesse et de générosité.

L'esprit de Noël Passé montre à Scrooge les moments heureux de sa jeunesse.

SUITE ET ADAPTATIONS

Après le succès de *Conte de Noël*, Dickens enchaîna avec une série de livres de Noël (*Christmas books*), tels que *The Chimes, Cricket on the Hearth* et d'autres, fondés sur la philosophie de Noël. Bien que ces ouvrages aient eu un succès du temps de Dickens, ils n'ont pas passé aussi bien l'épreuve du temps que *Le Conte de Noël*. Ce dernier a fait l'objet des premières lectures publiques de Dickens, et il en fit une adaptation destinée à être écoutée plutôt que lue. Il fut adapté maintes fois au théâtre, au cinéma et à la télévision. Scrooge est devenu l'archétype du vieil avare, comme Harpagon l'est dans la littérature française.

Le contexte historique
NOËL D'HIER ET D'AUJOURD'HUI

Noël célèbre la naissance du Christ en tant qu'événement et non en tant que date précise. Aucun texte chrétien ne stipule quel jour dans l'année est né Jésus-Christ. Le choix du 25 décembre n'est toutefois pas arbitraire et présente une symbolique.

LA SYMBOLIQUE DU 25 DÉCEMBRE

Pour monseigneur Jean-Paul Jaeger, évêque d'Arras, « les évangélistes, dont un sur quatre seulement propose un récit de la naissance de Jésus, étaient bien incapables d'en situer la date exacte. L'Église, en Occident, a fixé en 353 la célébration de Noël le 25 décembre au moment de la fête païenne du solstice d'hiver. Le signe est magnifique. Les rayons du soleil sont au plus bas de leur déclin. Progressivement le jour va s'imposer à la nuit. La lumière va triompher. Le Christ naissant est alors loué et accueilli comme la lumière qui brille dans les ténèbres, comme le jour qui se lève sur l'humanité engourdie et endormie. Il est le jour nouveau qui pointe à minuit. »

Noël est ressenti comme la fête de l'espoir dans un monde meilleur, de paix avec soi-même et avec les autres.

Noël est ressenti comme la fête de l'espoir dans un monde meilleur, de paix avec soi-même et avec les autres. C'est aussi la fête de l'innocence, des enfants et de la famille réunie. Avant cette date, les

L'Adoration des bergers, peinture, école italienne (XVIIe siècle).

Le contexte historique
NOËL D'HIER ET D'AUJOURD'HUI

chrétiens fêtaient la naissance du Christ le même jour que l'adoration des mages (Épiphanie), le 6 janvier. Pour les orthodoxes qui suivent le calendrier julien (orthodoxes russes) Noël correspond au 7 janvier.

NOËL EST TRÈS RICHE EN TRADITIONS

Les unes sont religieuses telles que l'Avent (période liturgique qui précède la fête), la messe de minuit et la crèche. D'autres, d'inspiration profane, viennent souvent de l'époque préchrétienne telles que la veillée et le repas de Noël, le Père Noël, les cadeaux qu'on échange et surtout qu'on offre aux enfants, le sapin et le marché de Noël. Les origines païennes de certaines traditions ont rendu cette festivité suspecte aux yeux de l'Église pendant longtemps avant qu'elle ne redevienne populaire.

La crèche aurait été introduite par saint François d'Assise en 1223 en Italie avant de se répandre dans le monde catholique durant le XVIIe siècle, particulièrement en Provence. Le Père Noël, inspiré de saint Nicolas, est une invention américaine qui apparut pour la première fois dans la revue *Harper's Magazine* et qui ensuite est arrivée en Europe, notamment avec les soldats américains lors de la Première Guerre mondiale. C'est l'association harmonieuse des traditions religieuses et profanes qui fait de Noël une période très spéciale pour les chrétiens.

VERS UN NOËL COMMERCIAL

Avec la laïcisation de la société et la mondialisation, les festivités liées à Noël prennent progressivement un caractère profane et donnent lieu à une consommation excessive. Elles sont de plus en plus déconnectées de l'atmosphère religieuse qui leur donnait leur sens véritable, et malheureusement Noël est détourné de son objectif. L'achat massif de cadeaux à Noël a pour effet un pic dans la consommation, notamment sur les secteurs du jouet, du loisir et de la restauration.

Toutefois la richesse et la diversité des traditions qui s'attachent à Noël témoignent de la place qu'occupe cette fête dans l'imaginaire européen et chrétien. Héritier des plus anciennes croyances et moment privilégié de la venue du Sauveur, le temps sacré de Noël apparaît aux sociétés matérialistes contemporaines – qui ressentent confusément la nostalgie de leur foi oubliée – comme l'instant magique où s'opère déjà, au cœur de la nuit, l'inéluctable réenchantement du monde.

Famille admirant leur arbre de Noël orné de cadeaux, gravure (XIXe siècle).

La collection

La collection « Les Incontournables de la littérature en BD » a été conçue spécialement pour Télé 7 Jours par les Éditions Glénat pour faire découvrir les plus grandes œuvres de la littérature mondiale à travers la bande dessinée.

Réalisée avec le concours de l'Unesco et en collaboration avec la Fédération internationale des professeurs de français, cette collection réunit des albums adaptés des romans les plus célèbres des grands écrivains : *L'Île au trésor* de Robert Louis Stevenson, *Le Tour du monde en 80 jours* de Jules Verne, *Robinson Crusoé* de Daniel Defoe, *Notre-Dame de Paris* de Victor Hugo, *Le Livre de la jungle* de Rudyard Kipling, *Guerre et Paix* de Léon Tolstoï et bien d'autres œuvres incontournables du patrimoine littéraire mondial.

Une équipe de scénaristes, de dessinateurs et de coloristes, réunie par Roger Brunel, directeur de collection, a créé pour chaque album une adaptation en bande dessinée, toujours fidèle à l'œuvre originale. Grâce au travail de scénarisation et à la qualité des dessins, le lecteur retrouvera dans les albums composant cette collection toute la force et l'originalité du style propre à chaque auteur.

À la fin de chaque album un dossier pédagogique réunit une biographie de l'auteur, des commentaires sur ses œuvres, des précisions sur la vie économique et sociale de l'époque concernée… Ces dossiers apportent un éclairage complémentaire pour mieux comprendre le contexte historique et littéraire de chaque ouvrage.

« Les Incontournables de la littérature en BD » vous invitent à un voyage littéraire riche en aventures de tous genres.

Nous vous souhaitons de longues et belles heures de lecture.